AF578764

Herzsprung
Verlag

Impressum:

© 2023 – Herzsprung-Verlag

www.herzsprung-verlag.de
info@herzsprung-verlag.de

Mühlstraße 10 – 88085 Langenargen – Deutschland

***

The Twelve Mothers

Text © Xiang Hua

Illustrationen © Zhou Han

Übersetzung: Liu Ziqi

First published in China by

China Children's Press & Publication Group Co., Ltd.

Copyright-Agent der deutschen Ausgabe:

Beijing IntelWave International Culture Communication Co., Ltd.

***

Cover: © Zhou Han

B&R Book Program

Druck: Bookpress - Polen

ISBN: 978-3-96074-751-2 - Taschenbuch
ISBN: 978-3-96074-752-9 - E-Book

Zwölf Mütter

Sieben-Schätze-Baum Volksmärchen

Xiang Hua (Text)
Zhou Han (Illustrationen)

Herzsprung-Verlag

Inhalt

Einführung in die Serie

Das Bild des „Sieben-Schätze-Baums“ hat seinen Ursprung in einem chinesischen Volksmärchen: Der Sieben-Schätze-Baum hängt voller Schmuck, an seinen Ästen baumeln Halsketten aus Jade und Perlen und jedes Blatt ähnelt einem Smaragd. Bei Wind bimmelt der Sieben-Schätze-Baum.

Der Baumpfleger vertrieb mit einer Hacke die Schlange, die sich in den Wurzeln des Baumes verfangen hatte, und die sieben Schätze am Baum – Jade, Achat, Perle, Koralle, Katzenauge, Goldbarren und Silberbarren – klapperten sofort und fielen mit einem sanften Schütteln herunter.

Die chinesischen Volksmärchen sind die kulturellen Schätze der Kindheit der chinesischen Nation, genau wie dieser „Sieben-Schätze-Baum“.

Die Reihe von „Sieben-Schätze-Baum Volksmärchen“ stellt eine Sammlung chinesischer Volksmärchen dar, die von den Autoren sorgfältig aus den wahrhaftigsten, besten und schönsten Elementen der chinesischen Volksmärchen zusammengestellt wurden. In den Hauptfiguren dieser Volksmärchen vereinen sich die schönen Charaktere der Tapferkeit, der Weisheit, der Fleißigkeit, der Güte, der Freundschaft, der Ehrlichkeit und der Dankbarkeit aller ethnischen Gruppen Chinas und werden zur geistigen Nahrung für das Wachstum der jungen Leser.

Vorwort

China verfügt seit jeher über einen reichen literarischen Nachlass an Volksüberlieferungen. Kehren wir nun zurück in die Zeit, in der die mündliche Volksüberlieferung auf natürliche Weise entstand. Zunächst werden wir die originellsten Quellen sammeln und nach Geschichten suchen, die auf menschlichen Konflikten und menschlicher Güte beruhen.

Gehen wir gemeinsam auf die Suche nach den Geschichten, die aus dem Leben des Menschen als Teil des Himmels und der Erde in der Natur entstanden sind, gehen wir zurück in die Zeit, als die Kinder um das Feuer saßen und den langsamen, gemächlichen Erzählungen des Alten über die Gespenster und wilden Kreaturen der Berge lauschten, und begegnen wir all den Geschichten mit unendlicher Fantasie.

Die Volksmärchen werden mündlich weitergegeben und jeder Erzähler kann nach Belieben eigene Inhalte hinzufügen, weglassen oder neu schaffen. Daher leiden sie an einer losen Struktur und einem vagen Fokus und können nicht so gestaltet werden, wie sie vorliegen, sondern müssen nach und nach bearbeitet werden, um die Entwicklung der Geschichte zu ordnen, eine Struktur aufzubauen, die kulturellen Merkmale jeder ethnischen Gruppe zu betonen und gleichzeitig die Sicht des Autors auf das Kind und die Sicht der Natur einzubeziehen. Ja, es handelt sich nicht mehr um ein Konzept der Folklore oder der Legende, sondern um echte Märchen.

Weltweit finden sich zahlreiche Beispiele dafür, wie die Folklore in schöne Märchen umgewandelt werden kann, z. B. bei Hans

Christian Andersen, den Gebrüdern Grimm und dem zeitgenössischen Calvino, die dies geschafft haben. Die in Märchen enthaltenen humanistischen Anliegen und naiven Bilder sind für Kinder besonders attraktiv.

Die Serie „Sieben-Schätze-Baum Volksmärchen" hat sich zum Ziel gesetzt, die besten Geschichten mit den schönsten Illustrationen zu verbinden, damit die Kinder von heute den Charme ihrer eigenen Kultur kennenlernen und die Saat der Liebe und Schönheit in ihre kleinen Herzen säen können.

Die Chinesen sind sehr gute Geschichtenerzähler und China gilt als Land der Geschichtenerzähler, was wir unseren Kindern auch nahebringen müssen!

1

Das Volk der Dai ist eine ethnische Minderheit mit einer langen Geschichte. Die Dai leben in einem von Dschungel und wunderschöner Landschaft umgebenen Gebiet. Dort flattern Schmetterlinge zwischen den Blumen und die Pfaue schreiten vor den Pfahlbauten. Es liegt im Süden der bunten Wolken (Yunnan Provinz von China), ein glückliches Paradies auf Erden.

Die Geschichte der zwölf Mütter spielte sich an diesem Ort und in einer Zeit ab, die sehr weit entfernt liegt. Zu jener Zeit wurde das Volk der Dai von einem König regiert. Die Herrschaft eines guten Königs schafft Frieden und Harmonie, während ein schlechter König nur Unglück bringt. Es gab da diesen gierigen König, der zwar alle Wälder, Seen und Reichtümer des Königreichs besaß, doch konnte er seine endlose Gier nicht stillen.

Nacheinander heiratete der König zwölf Konkubinen, von denen jede mit einem schönen Aussehen und einem guten Herzen gesegnet war. Aber der König bewunderte nur ihre Schönheit, interessierte sich aber nicht für ihre Herzensgüte.

Die zwölf Konkubinen kamen aus verschiedenen Dörfern, und unabhängig von ihrem Stand konnten sie, sobald sie den Palast betreten hatten, ihre Familien nie wiedersehen. Sie waren wie Kanarienvögel in einem goldenen Käfig. Die armen Konkubinen sorgten füreinander, trösteten sich gegenseitig und wurden in den schwierigen Jahren im Palast die besten Freundinnen und vertraute Verwandte.

Doch der König gierte nach immer neuen schönen Frauen und verlor langsam das Interesse an den alten, er wollte mehr Schönheiten. Er betete zu dem allmächtigen Gott: „Oh Gott, der größte, stattlichste und reichste Herrscher der Welt! Ich bitte dich, gib mir die Schönste auf der ganzen Welt als meine Frau!"

Raten Sie mal, ob der Gott solchen Worten voller grenzenloser Gier wohl Beachtung schenken würde? Natürlich schenkte Gott ihm keine Beachtung!
Die Wünsche sollten niemals unbedacht geäußert werden, denn ein nicht beachteter Wunsch wird zu einem wurzellosen, verdorrten Gras, zu einem Drachen mit gerissener Schnur, der in der Luft lange Zeit schwebt, schwebt, schwebt, ohne sich aufzulösen.

So schwebte der Wunsch des Königs in der Luft, unbeachtet und ungehört, sogar die Vögel flogen davon, damit sie ihre Ohren nicht verunreinigten. Welch ein Zufall! Eine Dämonin flog vor-

bei, fing den Wunsch in der Luft ab und steckte ihn in ihr Ohr: Hm, dieser König hat ein solches Bedürfnis? Das ist ja toll!

Die Dämonin sagte: „Das ist eine unwiederbringliche gute Chance!" Die Dämonin betrieb also Hexerei und verwandelte sich in eine schöne Frau. Wie schön? Beim Anblick der schönen Frau ließen Blumen vor Scham ihre Blütenblätter fallen und die männlichen Pfauen entfalteten schnell ihre Schwanzfedern.

Diese von der Dämonin verwandelte schöne Frau kam verführerisch in den Palast, wo sich die Wachen verbeugten und sie passieren ließen. Die Diener liefen in Panik zum König, um ihm Bericht zu erstatten. Der König ging ihr entgegen, und sobald er ihre Schönheit sah, verkündete er, dass er sie zur Ehefrau nehmen würde, nicht als Konkubine, sondern als Königin – Konkubinen können es bis zu zwölf sein, aber eine Königin darf nur eine einzige sein. Von da an lebte die Dämonin an der Seite des Königs und sie war sehr beliebt beim König, sodass er alles befolgte, was sie sagte oder wollte.

Wurde der Wunsch der Dämonin erfüllt, als sie zur Königin von allen wurde und sich an den Reichtümern der Welt erfreute? Nein, natürlich nicht! Ursprünglich war sie eine Dämonenkönigin, die über Tausende von Kobolden herrschte. Weswegen war es ihr dann wichtig, eine Königin zu sein? Ihr Ziel war natürlich nicht nur der ehrenhafte Status und königlicher Reichtum, sie wollte viel mehr als das.

2

Die Dämonin hatte schon lange gewusst, dass es im Königshof zwölf Konkubinen gab, die alle Schönheiten der Welt in sich vereinten: Schönheit von Sanftmut, Eleganz, Lebendigkeit, Würde, Unschuld und Noblesse. Genau das war es, was die Dämonin begehrte. Ganz zu schweigen davon, dass alle so jugendlich und strahlend waren.

Seit der König die Königin geheiratet hatte, waren die zwölf Konkubinen nicht beunruhigt über den Verlust ihrer Gunst, sondern waren froh, von dem unersättlichen König getrennt zu sein, sie passten aufeinander weiter auf und führten ein friedliches Leben. Doch ohne es zu wissen, schwebte bereits eine Wolke des Unheils über ihren Köpfen.

Es dauerte nicht lange, bis die Dämonin sich als krank verstellte, jeden Tag hielt sie sich das Herz und schrie: „Aua, aua, aua."
Der König geriet in Panik und rief alle Ärzte des Landes und reihte sie im Palast auf, um die Königin medizinisch zu behandeln. Aber je mehr die Königin behandelt wurde, desto lauter schrie sie. Sie sagte zum König: „Schatz, ich bin krank und stehe vor dem Tod, weil du nicht versucht hast, mich zu heilen!"
Der König rieb sich die Hände und antwortete: „Ich habe überall nach einem Arzt für dich gesucht, nicht wahr?"

Die Dämonin sagte: „Es gibt nur eine Medizin, die mich heilen kann, und ich weiß nicht, ob du sie mir geben wirst."
Als der König einen Eid geschworen hatte, sagte die Dämonin langsam: „Das einzige Allheilmittel, das mich heilen kann, sind die hellen Augen von zwölf Konkubinen!"
Der König sagte sofort: „Das ist einfach, ich werde sie dazu bringen, dir ihre Augen anzubieten!"
„Warte!", beeilte sich die Dämonin zu sagen. „Es sind nicht die Augen, die ich eigentlich will."
„Was dann?" Der König schien verwirrt.

Die Dämonin nahm langsam ein Kristallfläschchen heraus, das lange vorher vorbereitet worden war, und gab es dem König mit der Aufforderung, dies selbst zu erledigen. Das Fläschchen sollte mit einem Zaubertrank gefüllt werden und die Öffnung des Fläschchens sollte nahe an die Augen der zwölf Konkubinen gebracht werden und je nachdem, auf welches Auge es gerichtet war, sollte der helle Glanz des betreffenden Auges in das Fläschchen gezogen werden.
„Zwei Augen für eine Person und der Glanz muss aus jedem Auge herausgesaugt werden. Kein einziges weniger!" Die Königin bellte bösartig und ihre Augen leuchteten gierig.

Dann wurden die zwölf Konkubinen vor den König gebracht.
„Welches Vergehen haben wir begangen?", fragten sie.
Aber der König gab sich keine Mühe zu erklären und sagte nur: „Heilt die Krankheit der Königin und euch wird eine große Ehre zuteil." Der König richtete die Öffnung des Kristallfläschchens auf die Augen der Konkubinen und sofort wurde der Glanz aus ihren Augen gesaugt. Mit einem Zischen flog der Glanz in die Flaschen und verschmolz mit dem Strudel des Zaubertranks.

Der Verlust des Lichts auf beiden Augen ist gleichbedeutend mit dem Verlust des Sehvermögens, weshalb man von Blindheit als *Verlust des Augenlichts* spricht.

„Ah! Ah!" Die Konkubinen schrien auf und fielen zu Boden, wobei sie sich die Augen zuhielten. Die Wachen brauchten ihre Arme nicht mehr zu halten und an ihren Händen zu ziehen.

Es dauerte nicht lange, bis elf Konkubinen auf beiden Augen geblendet waren und der König vor der jüngsten Konkubine stehen blieb.

Die jüngste Konkubine war der Liebling des Königs – das heißt, bevor die Dämonin aufgetaucht war – und sie war hochschwanger. Das Kind trug das Blut des Königs.
So zögerte der König und sagte zu der jungen Konkubine, die gerade Mutter wurde: „Ich werde dir einen Gefallen tun und dich ein Augenlicht behalten lassen."
Und damit nahm er ihr den Glanz aus nur einem ihrer Augen.

Nachdem er den Glanz der dreiundzwanzig Augen erhalten hatte, befahl der König den Wachen, die Konkubinen zur sorgfältigen Überwachung in ihre Zimmer zurückzubringen, und ging selbst mit dem Kristallfläschchen in der Hand freudig zur Königin, um die Anerkennung einzufordern.

3

Die Dämonin nahm das Fläschchen zurück, als wäre es der kostbarste Schatz der Welt, und war plötzlich von der schweren Krankheit geheilt, die es gar nicht gegeben hatte. Sie bedankte sich beim König mit falschen Worten.

Gegen Abend, als der König laut schnarchte, kletterte die Dämonin auf die Fensterbank des Palastes und flog mit einem leichten Sprung in die Luft. Der Mond war sehr sanft in dieser Nacht und der Nachtwind wehte leise, das Kristallfläschchen in der Hand der Dämonin leuchtete wie ein heller Stern wegen des hellen Glanzes der dreiundzwanzig Augen, die es enthielt. Das Fläschchen *Sternenlicht*, das aus dem Licht der Augen gemacht worden war, zog einen langen Bogen in der Luft, über die glitzernden Reisfelder und sanften Hügel und flog den ganzen Weg hinauf zu einem dunklen Berg aus Felsbrocken.

Das war der Monsterberg der Dämonin. Nachdem sie sich monatelang als Königin ausgegeben hatte, kehrte sie an diesem Abend an ihren Platz zurück.
„Unsere Königin ist zurück! Die Königin ist zurück!" Die kleinen Dämonen sprangen auf, um sie zu begrüßen.
Die Dämonin, die Gobelins, kümmerte sich nicht um sie, sondern eilte direkt in die Höhle und ging so lange, bis sie ein klei-

nes Mädchen von vier oder fünf Jahren sah – in einem kleinen Röhrenrock, mit klirrenden Ohrringen, seine Pupillen dunkler als der Nachthimmel, heller als die Sterne. Der Gesichtsausdruck der Dämonin verzog sich plötzlich und zeigte die Freude in ihrem Herzen.

„Mama, Mama!“

„Mein Liebling!“

Das kleine Mädchen war die geliebte Tochter der Dämonin. Sobald sie sich trafen, umarmten sie sich und wollten sich nicht trennen. Die Dämonin holte das kleine Kristallfläschchen heraus und reichte es ihrer Tochter. Sie sagte aufgeregt: „Schau, das ist ein einzigartiger Schatz, der schließlich mit großer Mühe erstellt wurde!“

Das Dämonenmädchen fragte neugierig: „Was ist das? Es ist so schön!“ Sein kleines Gesicht wurde vom Licht des Fläschchens beleuchtet.

Die Dämonin sagte: „Was in dem Fläschchen ist, ist nicht nur schön, es enthält auch ein Zaubergetränk, das ich speziell für dich gefunden habe.“

Das Dämonenmädchen fragte grinsend: „Oh, wird es mir helfen, die Magie zu meistern?“

Die Mutter sagte: „Nein.“

„Oh ... kann es mich so stark machen wie den Schwarzbär-Dämon?“

Die Mutter schüttelte den Kopf.

„Also ... kann es mich sehr schlau machen, schlauer als den Hasen-Dämon?“

Die Mutter schüttelte immer noch lächelnd den Kopf.

„Was nützt es dann?“, fragte das Dämonenmädchen hastig.

Die Dämonin streichelte das Haar ihrer Tochter und sagte langsam: „In dieser Flasche ist der Glanz der Augen von zwölf Frauen, die kostbarste Essenz des sterblichen Lebens. Ich gebe sie dir, aber du kannst die Essenz jetzt nicht trinken, du musst warten, bis du erwachsen bist und sie am Tag deiner Hochzeit trinken.“

Als die Dämonin den unverständlichen Gesichtsausdruck ihrer Tochter sah, fügte sie hinzu: „Auf diese Weise kannst du die Jugend und Schönheit von zwölf Frauen auf einmal erlangen!"
„Ha, Mama, du liegst falsch!" Das Dämonenmädchen lachte.
Die Dämonin war verwirrt: „Wie könnte ich da falschliegen?"
Das Dämonenmädchen sagte mit einem Lächeln: „Stell dir vor, wenn ich heirate, muss ich jung und schön sein. Warum brauche ich das von jemand anderem?"
Die Dämonin schaute ihre junge, aber selbstbewusste Tochter an, dann seufzte sie liebevoll und sagte: „Du bist zu jung, um zu wissen, dass diese Dinge so schnell verschwinden, aber wenn es zwölfmal mehr sind, wird es nicht viele Jahre halten!"

Das Dämonenmädchen verstand es noch nicht, aber es spielte keine Rolle mehr, denn solange es ein Geschenk meiner Mutter war, musste es das Beste auf der Welt sein. Das Dämonenmädchen vertraute seiner Mutter, wie die Mutter ihrer Tochter vertraute. Die Dämonin half ihrer Tochter, das Kristallfläschen sicher aufzubewahren.

Mutter und Tochter lagen auf dem Bett und spielten stundenlang zusammen. Das Dämonenmädchen schätzte die kurze Zeit mit seiner Mutter sehr und statt Zeit mit Schlafen zu verschwenden, spielten und spielten sie. Schließlich konnte das kleine Mädchen es nicht mehr aushalten und seine Augenlider begannen sich zu schließen ... Bevor es ganz einschlief, murmelte das Dämonenmädchen: „Mama, bleib bitte noch ein wenig bei mir ... Mama, geh nicht ..."

Ihre Tochter war in einen tiefen Schlaf gefallen. Als die Dämonin sah, dass es fast dämmerte, seufzte sie und verließ das Zimmer. Sogleich kehrte sie zum majestätischen Tonfall der Monsterkönigin zurück und befahl den kleinen Monstern, die sich um das Haus kümmerten, streng, nicht faul zu sein. Dann flog sie hastig zurück zum Palast und legte sich neben den König.

Unter dem lauten Grunzen des Königs dachte die Dämonin darüber nach, die zwölf Konkubinen langsam zu töten, da es früher oder später eine Bedrohung sein würde, sie am Leben zu halten. Aber sie hatte nicht damit gerechnet, dass die zwölf Konkubinen verschwunden waren und es im Palast keine Spur mehr von ihnen gab.

Die Dämonin war wütend, bestrafte viele Hofdamen und schickte viele Wachen, um überall sorgfältig zu suchen, aber von den zwölf Konkubinen fehlte immer noch jede Spur.
„Absurd! Wie konnten sich nur zwölf blinde Frauen in Luft auflösen?", schrie die Dämonin, doch niemand traute sich, auf ihre Worte zu antworten.

4

Es stellt sich heraus, dass die zwölf Konkubinen aus dem Palast geflohen waren. Sie waren über Nacht ins Unglück gefallen und in die dunkle Welt. Sie wussten, dass die bösartige Königin nicht aufgeben würde und dass sie in Zukunft erneut unter der Königin leiden würden, also dachten sie, sie könnten nicht mehr im Palast bleiben. Die zwölf diskutierten und beschlossen, gemeinsam aus dem Palast zu fliehen.

Stellen Sie sich bitte vor, wie schwierig und gefährlich die Flucht der zwölf blinden Frauen gewesen sein musste. Von den zwölf Frauen hatte nur die jüngste noch ein Auge, also ging sie voran, während sich die anderen elf der Reihe nach aufstellten und sich gegenseitig an den Schultern hielten. Sie stolperten, wichen den Wachen in der Richtung aus, an die sie sich erinnerten, und flüchteten durch das Tor des Palastes. Tatsächlich war es nicht so, dass es zu dieser Zeit keine Nachtwächter gab, die sie nicht entdeckten, aber wahrscheinlich hassten alle im Palast außer dem König die bösartige Königin sehr und sympathisierten mit den armen Konkubinen.

Als ihnen die Flucht aus dem Palast gelungen war, hatten sie keine Ahnung, wohin sie wollten. Der Älteste der zwölf Frauen sagte: „Früher schauten wir vom Dach des Palastes aus auf den Wald in der Ferne. Er ist voller Lebenskraft und sollte uns ernähren können."

Also taumelten sie in einer Reihe vorwärts, stolperten unzählige Male auf dem Weg und gingen langsam durch Reisfelder und Pfade, wobei sie sich allmählich vom Palast des Königs entfernten. Die zwölf Konkubinen dachten sich, je weiter weg vom Palast sie gingen, desto besser und sicherer wäre es, also gingen sie tief in den dunklen Urwald hinein – ungeachtet der Unwegsamkeit für ihre Füße, selbst wenn ihre Haut von Ästen zerkratzt wurde, selbst wenn sie von Tigern, Leoparden und Schlangen bedroht wurden.

Gerade als alle erschöpft waren, kamen sie zum Eingang einer Höhle. Die Jüngste, die auf einem Auge noch sehend war, führte die Schwestern in die Höhle, suchte, um ein paar Blätter und Stroh zu holen, und alle drängten sich zusammen und schliefen ein, ohne sich umzuziehen. Die armen Konkubinen ließen sich in der Höhle nieder und ertrug die ersten Tage Hunger, Kälte und Angst. Sie dachten bei sich: Die Königin wollte unbedingt, dass sie starben, und der größte Widerstand, den sie leisten konnten, war, zu überleben. Von diesem Glauben getragen unterstützten sich die zwölf gegenseitig, sammelten wilde Früchte, gruben wildes Gemüse aus und lernten, im Urwald zu leben.

Wenn Sie darüber nachdenken, werden Sie wissen, dass das Leben der zwölf Konkubinen zunächst sehr schwierig und voller Gefahren war. Sie konnten beispielsweise auf giftige Schlangen treten und wenn sie fielen, rollten sie möglicherweise die Klippe hinunter. Und Sie wissen nicht, wie viele Stürze die Frauen jeden Tag machten. Selbst Menschen mit normalem Sehvermögen können sich kaum vorstellen, wie sie lange in einem Urwald überleben können. Doch worauf verließen sich diese Frauen im Dunkeln, um zu überleben? Unsere Angst vor Wäldern beruht tatsächlich zu einem großen Teil auf unserem mangelnden Verständnis für Wälder.

Diese zwölf Konkubinen lebten im Urwald und erkannten nach und nach, dass sie viele Dinge tun konnten, ohne sich auf ihr Sehvermögen zu verlassen. Der große Wald hatte in ihnen viele Sinne geweckt, die nun so geschärft waren, als wären sie plötzlich erwacht. Sie lernten, verschiedene Früchte und Pilze zu erkennen, indem sie an ihnen schnupperten, und sie ließen sich nicht dazu verleiten zu lassen, schöne, aber giftige Lebensmittel zu pflücken.

Sie lernten, auf die Vögel und Affen zu hören, und die Vorlieben der Tiere verrieten ihnen, welcher Feigenbaum die reiferen, süßeren Früchte hatte. Sie lernten, die Sonne oder den Regen auf ihrer Haut zu spüren, was ihnen innere Ruhe und Freude verschaffte. Der Wald war wie eine Mutter für die zwölf Konkubinen, von der sie lernten, zu leben. Auch wenn es harte Arbeit erforderte, war der Wald tausendmal besser als der Palast!

„Waaaah .... Waaaah ...“ Die Schreie eines Babys durchbrachen die Dunkelheit des Waldes und brachten Licht, Wärme und Hoffnung, so wie das Sonnenlicht durch die Baumkronen drang. Nur einen Monat nach ihrer Flucht in den Urwald brachte die jüngste Konkubine einen kleinen Jungen zur Welt. Die anderen elf beschäftigten sich in der Dunkelheit mit dem Einrichten des Geburtsraums. Sie machten Bäder aus Rinde. Dann rösteten sie Kieselsteine im Feuer und warfen sie, solange sie noch heiß waren, in das Wasser, das auf diese Weise schnell erwärmt wurde. Die Konkubinen waren allesamt handwerklich begabt und unterstützten und entbanden die Babys auf ordentliche Weise.

Das Kind war bezaubernd. Allein das laute, gesunde Weinen zu hören und die weiche, warme Haut zu berühren, zauberte ein Lächeln auf die Gesichter der zwölf Konkubinen, die so etwas schon lange nicht mehr erlebt hatten. Gemeinsam wurden sie seine Mutter und gaben ihm den Namen Alang.

„Obwohl wir endlose Dunkelheit vor Augen haben, wollen wir, dass die Welt dieses Kindes hell und licht ist!“, sagte die älteste Konkubine.

„Obwohl unsere Herzen mit galliger Bitterkeit gefüllt sind, wollen wir, dass die Welt unserer Kinder von Heiterkeit und Glück erfüllt ist!“, sagte die jüngste Konkubine. Und so hatte Alang zwölf Mütter und er wurde zwölfmal geliebt.

5

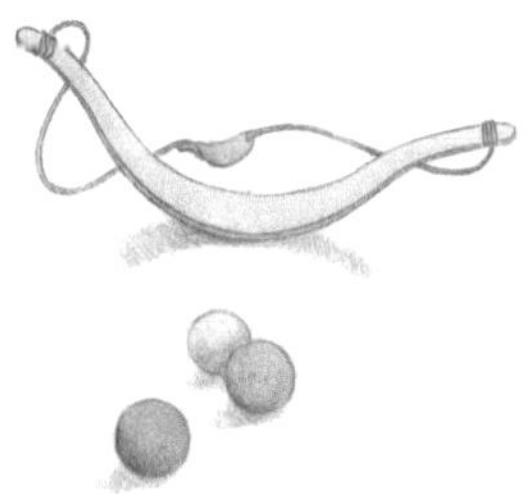

Die Zeit entfaltete und schloss sich wie die Schwanzfedern eines männlichen Pfaus, schloss sich und entfaltete sich wieder und wieder ... So verging ein Jahr nach dem anderen. Solange es die Begleitung eines Kindes gab, würde das Lachen in den Bergen und Wäldern immer widerhallen.

Allein die Tatsache, dass der kleine Alang zwölfmal mit milder Stimme: „Mama, Mama, Mama, Mama, ...“, rief, reichte aus, um zwölf Mütter einen halben Tag lang bei Laune zu halten, ganz zu schweigen vom übrigen Teil des Tages.
Alang wurde von zwölf Müttern großgezogen und verhielt sich daher besonders fürsorglich und höflich. Er war sowohl das Kind der Mütter als auch das Kind des großen Waldes.

Zu passender Zeit erzählten die Mütter ihrem Sohn den Grund für ihre Blindheit und Alang war sogleich entschlossen, sich in Zukunft für seine Mütter zu rächen. Er begann, seine Schleuderkünste zu üben, er fertigte kleine Bambusbögen aus Bambus und Hirschsehnen, und er backte runde Kugeln aus Mastix, die so hart wie Steine waren, und übte jeden Tag. Als Alang achtzehn Jahre alt war, konnte er eine Kugel kontrolliert abschießen und traf jedes Mal ins Schwarze.

Eines Tages schoss er vor einer Höhle auf eine Zielscheibe, als ein Fremder ohne ein Wort hinter ihm auftauchte. Der Fremde schaute ihn lange an und fragte ihn: „Mein Kind, hast du einen Vater?"

Alang war verblüfft, er hatte außer seinen Müttern noch niemanden getroffen. Aber er antwortete höflich: „Ich habe keinen."
Der Fremde fragte dann: „Hast du eine Mama?"
Alang antwortete: „Ja, ich habe zwölf Mütter, die zusammen nur ein Auge haben und jetzt in Begleitung im Fluss baden gehen."
Der Fremde seufzte und sagte nichts mehr.
Alang fragte: „Wer sind Sie?"
„Ich bin Gott."
Die ruhige, majestätische Stimme Gottes löste in Alangs Herz Ehrfurcht aus.
Dann hörte er Gott sagen: „Vor achtzehn Jahren habe ich ein gieriges Gebet ignoriert, aber der Dämon hat es ausgenutzt."
Alang konnte nicht verstehen, was Gott sagte. Gott schüttelte den Kopf, als wolle er die unangenehme Vergangenheit vergessen.
Dann sagte er: „Mein Kind, jetzt werde ich es wiedergutmachen, komm mit mir und ich werde dir Ehre, Reichtum und hohen Stand geben."
Aber Alang sagte: „Ich werde nicht mitkommen, ich will mich um meine Mütter kümmern!"
Als Gott Alangs Entschlossenheit sah, ohne dass dieser gezögert hatte, nickte er erleichtert und lobte ihn als guten Jungen. Dann holte Gott drei Kugeln aus seinem Schoß, die er *rotes Feuer*, *grüner Wind* und *weißes Wasser* nannte, und gab sie Alang.

Alang fragte, wozu sie nützlich seien, und Gott sagte, dass sie natürlich in Zeiten der Gefahr nützlich seien, aber in normalen Zeiten nicht verwendet werden könnten.
Alang hatte gerade die drei Kugeln eingesammelt, als Gott erneut seine Hand ausstreckte und ein kleines Pony in seiner Hand hielt. Es war kein Spielzeug, sondern ein lebendiges, atmendes Pony,

nicht mehr als zwei Zentimeter groß, das mit dem Kopf wippte und mit den Flügeln schlug, aber mit Begeisterung.
„Wow, ein Pony!“, rief Alang.
„Das ist das göttliche Pony, es ist für dich“, sagte Gott.
„Ein göttliches Pony?“ Alang dachte bei sich: „Die Kugeln sind immerhin Waffen. Soll ich mir mit einem so kleinen Pony nur meine Langeweile vertreiben und Spaß haben?“
Gott las seine Gedanken und sagte: „Unterschätze nicht die Kraft des göttlichen Ponys. Es wird dich durch deine Mission tragen.“
„Meine Mission? Welche habe ich ...“

Bevor Alang seine Worte beenden konnte, verwandelte sich das kleine Pony von einem Augenblick auf den anderen in ein echtes, großes Pferdchen, zog Alang mit einem Ruck auf seinen Rücken und mit einem heftigen Flügelschlag erhob es sich in die Luft und flog nach oben.
„Hey hey! Wohin gehen wir?“, rief Alang.

Der Wald unter dem Himmel verschwand schnell weg und Gott ebenfalls. Alang dachte ängstlich: „Oh nein, ich habe noch nicht mit meinen Müttern gesprochen!“

6

Das geflügelte Pferdchen hob seine Flügel und flog über den Wald, flog über die Reisfelder, flog über die Dörfer ... Als das goldene Dach des königlichen Palastes unter ihm auftauchte, nahm das kleine Pferdchen seine Flügel zusammen und flog im Sturzflug herab, machte einen schönen Bogen und flog sogar in das Tor des königlichen Palastes hinein, stieß die Wachen um, die überrascht waren, und landete vor dem Thron des Königs.

Der König saß mit der Königin beim Wein, als er durch das plötzliche Erscheinen von Alang aufgeschreckt wurde. Die trüben Augen des Königs konnten nicht erkennen, dass Alang sein eigener Sohn war, und er befahl: „Der vom Himmel gefallene Junge muss ein Dämon sein, tötet ihn!"

Aber die Dämonin erkannte sofort, wer Alang war, und dachte bei sich: „Könnte es sein, dass die zwölf Konkubinen noch am Leben sind?" Schnell sagte sie zum König: „Oh mein Schatz, du darfst ihn nicht töten!"
Der König winkte mit der Hand und sagte: „Ich werde auf dich hören und ihn nicht töten, aber was willst du mit ihm machen?"

Die Dämonin konnte nicht anders, als zu schlucken, als sie in die leuchtenden Augen von Alang starrte, einem Kind des Waldes,

dessen Augen seit vierzehn Jahren nichts Irdisches mehr angeschaut hatten, sauber und klar wie keine anderen. Die Dämonin verschärfte ihren Tonfall und sagte: „Er ist meine Medizin!“
Der König war überrascht und fragte: „Willst du auch seine Augen?“

Die Dämonin wollte sie natürlich, aber sie wollte trotzdem diese leuchtenden Augen mit Lebenskraft ihrer Tochter schenken. Sie sagte: „Mein Schatz, es gibt einen Monsterberg, der Tausende von Meilen entfernt ist, wo die heilende Medizin für mich liegt. Nur dieser Junge kann sie für mich beschaffen. Sag ihm, er soll sie für mich holen!“

Der dumme König, der nicht einmal daran dachte, dass die Königin etwas mit dem Monsterberg zu tun haben könnte, befahl Alang sofort, loszuziehen und die Medizin zu holen.

Die Dämonin schrieb unterdessen in aller Stille einen Brief an ihre Tochter, in dem stand:

Meine liebe Tochter,
sobald dieser Junge ankommt, wirst du bleibende Schönheit erlangen, indem du ihm seine Augen sofort wegnimmst.

Deine Mutti!

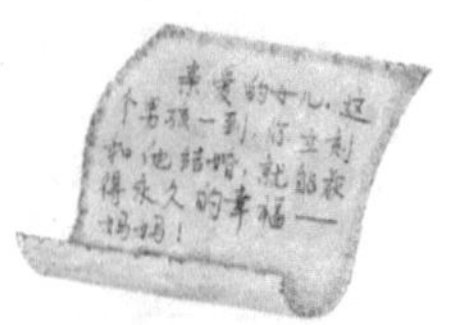
亲爱的女儿，这
个男孩一到，你立刻
和他结婚，就能获
得永久的幸福——
妈妈！

Die Dämonin sprach einen kleinen Zauber aus und steckte den Brief heimlich in Alangs Jackentasche. Und Alang, der nichts davon wusste, schwang sich in Unwissenheit auf das kleine Pferdchen und verließ den Palast.

Alang dachte bei sich, während sie durch die Luft flog: „Ich hasse die Königin, warum sollte ich für diese Frau Medizin besorgen? Ich könnte doch genauso gut zu meiner Mutter zurückkehren." Doch seine Neugierde siegte und er dachte: „Ich habe den Wald noch nie verlassen und ich weiß nicht, wie der Monsterberg überhaupt aussieht. Wenn ich schon mal draußen bin, sollte ich mir den auch mal ansehen!"

Als wenn das Pferdchen erahnt hatte, was Alang dachte, schlug es mit den Flügeln, einen nach dem anderen, durch den Wind und die Wolken, sodass der kleine Meister das Vergnügen des freien Fluges voll genießen konnte.

Da der Monsterberg weit weg war, landete das Pony auf einem großen Baum, um sich mit Alang während der Reise auszuruhen.

Es dauerte nicht lange und Alang döste gemütlich vor sich hin. Der allwissende Gott erschien wieder, er wusste, dass Alang einen Brief von der Dämonin in seinen Kleidern trug, er nahm diesen heraus, um den Inhalt zu sehen, lächelte leicht und mit einem magischen Finger wurde der Brief verändert:

Liebe Tochter,
sobald dieser Junge ankommt, wirst du ihn sofort heiraten und du wirst für immer glücklich sein.

Deine Mutti!

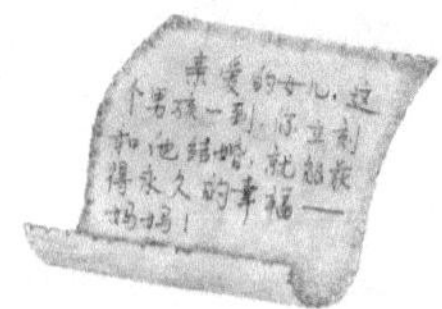
亲爱的女儿，这
个男孩一到，你立刻
和他结婚，就能获
得永久的幸福——
妈妈！

Nachdem dies getan war, verschwand Gott wieder und Alang wachte erfrischt auf, schwang sich auf das Pferdchen und flog in einem Atemzug zum Monsterberg.

7

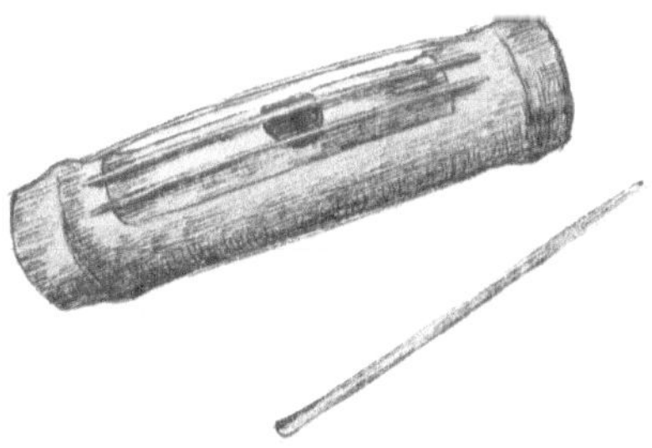

Die Dämmerung hüllte den Monsterberg in Wolken ein. Seitdem die Dämonin Königin geworden war, lebte sie das ganze Jahr über im Palast und kam nur selten zurück. Aber der Monsterberg bleibt nicht kalt: Die Tochter der Dämonin, das Dämonenmädchen, wuchs zu einer schönen, jungen Frau heran und führte den Monsterberg für ihre Mutter.

Kaum war Alang auf dem Boden gelandet, wurde er von den kleinen Dämonen, den Gobelins, gepackt und mit sieben Händen zu dem Dämonenmädchen geschoben.
„Eure Majestät, wir haben einen Spion gefangen!"
„Durchsucht ihn!", befahl das Dämonenmädchen.

Die Goblins fanden bald den Brief bei Alang und das Dämonenmädchen war überglücklich, als es sah, dass es ein Brief von seiner Mutter war. Sie öffnete ihn schnell. Überrascht stellte das Dämonenmädchen fest, dass seine Mutter in seinem Namen dem Jungen einen Heiratsantrag gemacht hatte. Sie schaute Alang lange an und las den Brief wieder und wieder. Schwarz auf weiß war er geschrieben – und es war tatsächlich die Handschrift ihrer Mutter.
Das Dämonenmädchen hatte immer auf seine Mutter gehört und sagte ernsthaft zu Alang: „Du, komm her."

„Wozu?“ Alang hielt den Kopf hoch und dachte, dass er vor dem Dämonenmädchen nicht das Gesicht verlieren könne.
Das Dämonenmädchen sagte: „Jetzt musst du mein Mann sein.“
„Hm?“ Das hatte Alang nicht erwartet.
„Ja, meine Mutter hat gesagt, wir sollen beide heiraten, also müssen wir beide auch heiraten!“ Das Dämonenmädchen sprach Alang so an, dass er sich selbst überzeugen konnte.
„Aber ... aber meine Mütter wissen es noch nicht ... Ich habe ihnen nicht einmal gesagt, dass ich heute Morgen wegging, wie kann ich ... einfach sagen, dass ich heiraten werde?“ Alang stammelte.
„Das ist mir egal, ich werde auf meine Mutter hören. Und zwar sofort, jetzt, unverzüglich!“

Alang wollte hier nicht bleiben, geschweige denn ein Ehemann für das Dämonenmädchen sein. Aber das Dämonenmädchen handelte so schnell und gründlich, dass es keinen Platz zum Zögern gab. Sie erteilte eine Reihe von Befehlen, wies die Goblins an, die Höhle zu säubern, stellte Laternen und Dekorationen auf,

bereitete ein Festmahl vor, verteilte Einladungen, lud alle Goblins aus dem Monsterberg und den umliegenden Goblinhöhlen ein und veranstaltete in dieser Nacht eine lebhafte Hochzeit.

Nach der Hochzeit zerstreuten sich die Gäste bald und das Dämonenmädchen brachte Alang in sein Zimmer. Der Ort war mit Laternen geschmückt, mit roten Vorhängen geschmückt und mit roten Kerzen beleuchtet und war wie ein Brautzimmer eingerichtet.
Alang saß aufrecht und steif auf der Bettkante und war sprachlos, als er sah, wie das Dämonenmädchen eine Bambuszither hervorholte, sie auf seine Knie legte, um darauf zu spielen. Alang kannte das Instrument als Ding-Mai-Bo (Bambuszither von Dai), das aus einem Bambusrohr mit drei Saiten besteht, die mit einem dünnen Bambuszweig gezupft werden können, um verschiedene Töne zu erzeugen.
Merkwürdigerweise spielte das Dämonenmädchen die erste Saite einzeln, berührte aber nie die beiden anderen.

Nach einer halben Stunde Spielzeit kam Alang nicht umhin, zu fragen: „Warum hast du nur die erste Saite gespielt?"
Das Dämonenmädchen beendete gerade noch rechtzeitig das Spiel und legte langsam das Instrument ab, bevor es sprach: „Du bist jetzt mein Mann, also kann ich es dir erzählen. Dieses Ding-Mai-Bo ist nicht irgendein Instrument, es ist die Lebenszither meiner Mutter."
„Lebenszither?" Alang fand das sehr seltsam.
„Ja, die Zither ist mit dem Leben meiner Mutter verbunden, deshalb darf man die zweite Saite nicht anfassen, geschweige denn die dritte." Das Dämonenmädchen erklärte weiter: „Ich muss jeden Tag die erste Saite für meine Mutter spielen, damit sie schön bleibt."
Alang fragt: „Wo ist deine Mutter?"
Als das Dämonenmädchen von seiner Mutter sprach, wurde es traurig und seufzte tief: „Ach, heute ist mein Hochzeitstag, und

wenn es jemanden gäbe, der an meiner Seite sein sollte, dann wäre es meine Mutter! Aber sie muss im Palast sein, um das Elixier für die ewige Jugend für mich zu suchen. Denn ich habe nicht genug Zauberfähigkeit und meine Schönheit wird mit dem Alter abnehmen, genau wie bei den Sterblichen."

Alang wusste nicht viel über Jugend und Schönheit, aber er dachte an ihre zwölf Mütter, die, obwohl sie blind waren, sich selbst pflegten und sich gegenseitig halfen, um jeden Tag schön auszusehen. Die Mütter pflückten Blumen und steckten sie an ihre Schläfen und sie trugen Halsketten und Armbänder aus dünnem Rattan. Wenn ihre kostbaren Röhrenröcke verschlissen waren, suchten sie nach Materialien aus dem Wald und reparierten sie sorgfältig. Obwohl sie wie Wilde in den primitiven Wäldern lebten, trugen sie tief in ihrem Herzen die Würde der Menschen.

„Unser schönes Aussehen ist für uns nicht mehr sichtbar, aber Alang kann es sehen!" Das sagen seine Mütter oft.

Während Alang über seine Mutter nachdachte, holte das Dämonenmädchen ein Kristallfläschchen aus einem geheimen Raum, und das Licht, das daraus strömte, erhellte das ganze Brautzimmer, wobei das Kerzenlicht sofort zu schwinden schien. Das Dämonenmädchen sagte stolz: „Das ist ein Geschenk von meiner Mutter zu meiner Hochzeit, damit ich es heute trinke. Du kannst nicht erraten, was es ist, oder?"
Alang schüttelt ehrlich den Kopf. „Es ist gefüllt mit dem hellen Glanz von zwölf Frauenaugen!"
Sobald diese Worte des Dämonenmädchens seinen Mund verlassen hatten, erschrak Alang und dachte: „Ah! Sind das nicht ... meine armen zwölf Mütter!" Er versuchte, sich einen Ausruf zu verkneifen.

Das Dämonenmädchen entkorkte das Fläschchen und bereitete sich darauf vor, das Getränk zu trinken.

„Bald werde ich zwölfmal so jung und schön sein, wie meine Mutter mir sagte …"
„Trink nicht!", rief Alang plötzlich.
Das Dämonenmädchen war überrascht und fragte: „Was ist denn los?"
Alang antwortete: „Deine Mutter ist krank und diese Krankheit ist fast unheilbar! Deswegen hat sie mich gebeten, die Medizin zu holen – und die Medizin ist in diesem Fläschchen. Sie ist jetzt schon todkrank!"
Das Dämonenmädchen verzog sofort das Gesicht, verkorkte das Fläschchen und sagte schnippisch: „Worauf wartest du dann noch!" Es reichte Alang das Kristallfläschchen und befahl ihm, sich schnell auf den Weg zu machen, um das Leben seiner Mutter zu retten.
„Okay, ich gehe jetzt deine Mutter retten!" Alang drehte den Kopf und ging, er hatte nicht gelogen.

Alang flog über den Monsterberg, kam aber nicht weit. Er ließ das kleine Pferdchen so lange kreisen, bis die Kerzen im Zimmer des Dämonenmädchens erloschen waren, erst dann landete er und kletterte durch das Fenster zurück ins Brautzimmer. Das Dämonenmädchen war eingeschlafen, die langen Haare hingen locker über seine Schultern. Alang schlich zum Bett hinüber und hob vorsichtig das Ding-Mai-Bo auf. Er wollte nicht nur seine Mütter heilen, sondern auch die Dämonin töten, die einst die Mütter hatte erblinden lassen.

Das in tiefem Schlaf liegende Dämonenmädchen wachte plötzlich auf und sah Alang mit der Bambuszither im Arm aus dem Fenster treten und rief: „Was machst du denn da?"
Alang sprang eilig auf sein Pferdchen und erhob sich in die Luft: „Schnell, schnell!"
„Lass die Lebenszither meiner Mutter stehen!" Das Dämonenmädchen verhüllte sein Haar und ritt auf einer Dämonenwolke hinter ihm her.

8

Das Dämonenmädchen war wahrlich mächtig. Obwohl das Pferdchen ein göttliches Pferdchen war und so schnell wie der Wind flog, konnte das Dämonenmädchen mit seiner Dämonenwolke mithalten und kam immer näher.

Alang sah das Dämonenmädchen auf sich zukommen. In Panik erinnerte er sich an die Kugel, die Gott ihm gegeben hatte, also suchte er in seiner Tasche und zog das *rote Feuer* heraus, er wusste nicht, wozu diese Kugel in der Lage war, aber das war ihm jetzt auch gleichgültig. Alang spannte den kleinen Bambusbogen und drehte sich um, um auf das Dämonenmädchen zu schießen.
Es donnerte. Die rote Kugel entflammte sofort ein großes Feuer, das den Himmel erfasste und das Gesicht des Dämonenmädchens verdeckte.
„Oh!“, rief Alang aus, weil er befürchtete, dass die Flammen das Dämonenmädchen zu stark verbrennen würden.

Er wusste nicht, dass das Dämonenmädchen auch magische Kräfte besaß, denn es konnte die Winde der vier Meere in einem Atemzug einsaugen und sie dann mit Wucht ausblasen. Huh, diese Kraft war so groß, dass sie das göttliche Feuer ausblies.
Da er die Macht des Dämonenmädchens nun kannte, zog Alang eilig eine zweite Kugel hervor und schoss sie ab, diesmal den *grü-*

nen Wind, der aus dem Nichts einen Windsturm erzeugte. Dieser Wind schien ein Bewusstsein zu haben, er war anders als der starke Wind, der vom Dämonenmädchen geblasen worden war, er wirbelte und drehte sich, und er griff gezielt die Dämonenwolke unter den Füßen des Dämonenmädchens an. *Hula*, die Wolke wurde weggeblasen und das Dämonenmädchen wurde überrumpelt, sodass es aus der Luft auf den Boden fiel. Alang schaute hinunter und sah, dass das Dämonenmädchen nicht verletzt war. Nachdem sie gelandet war, machte sie, ohne zu zögern, große Schritte, um die Verfolgung fortzusetzen, und rief kläglich: „Gib mir die Lebenszither meiner Mutter zurück!"

Alang hatte keine andere Wahl, als die letzte Kugel *weißes Wasser* auf den kleinen Bambusbogen zu legen und zu schießen.
Huahaa, aus der Ebene kam ein großer Fluss, aufgewühlt und mit weißem Schaum, der tobte und brauste, der so breit war, dass

man nicht auf die andere Seite sehen konnte, doch das Dämonenmädchen konnte den Fluss nicht überqueren und wurde am Ufer festgehalten. Das Dämonenmädchen hatte es mit aller Kraft kaum bis hier geschafft und nun, da der Weg abgeschnitten war, konnte man sich ihre Verzweiflung kaum vorstellen. Es fiel am Ufer auf die Knie und brach in Tränen aus.
„Bitte! Bitte!“, rief sie Alang aus der Ferne zu. „Spiel die Zither meiner Mutter nicht!“

Aber Alang war schon weggeflogen.

9

Als das Morgenlicht den Urwald erhellte, machten sich die zwölf Mütter Sorgen um Alang, da ihr Sohn bislang nie ohne ein Wort des Grußes das Haus verlassen hatte oder gar in der Nacht nicht zurückgekehrt war. Die blinden Mütter, die sich nicht umsehen konnten, versammelten sich am Eingang der Höhle und waren voller Sorge. Plötzlich hörten sie das Geräusch von Flügelschlägen, schnell gefolgt von einer Reihe von Hufschlägen, dann rief ihr Sohn: „Mamas, ich bin mit etwas Gutem zurückgekommen!"

Alang sprang von dem kleinen Pferdchen und war sofort von zwölf Müttern umringt. Vierundzwanzig Hände zogen an ihm, tasteten ihn ab und fürchteten, dass ihm etwas fehlte, dass er irgendwo verletzt war. Doch Alang beruhigte die Mütter und erzählte ihnen von den Wundern der Nacht. Er nahm die Kristallflasche heraus, entkorkte sie und richtete sie zuerst auf das blinde Auge der Mutter, die ihn zur Welt gebracht hatte, um zu sehen, welche Wirkung sie haben würde.

Ja, es war ein Zauberfläschchen und der helle Glanz, der zum Auge gehörte, flog sofort aus dem Fläschchen heraus wie ein dünner Lichtstrahl, er flog zurück in das Auge der jüngsten Konkubine – das blinde Auge war wieder sehend!

„Schnell, Alang, gib das Licht der Augen her!“ Die jüngste Konkubine, überrascht und erfreut, bedrängte ihren Sohn. Alang richtete die Flaschenöffnungen nun eilig abwechselnd auf die Augen der Mütter. Der Glanz in dem Fläschchen erkannte seine Besitzerinnen und flog zu seinen ursprünglichen Augen zurück. Eine Mutter nach der anderen erlangte ihr Augenlicht wieder – so wie die Augen ihr Licht wiedererlangten.

Ah, da sahen sie das Morgenlicht, die großen Bäume, den schönen Anblick der zwitschernden Vögel. Vor allem aber konnten sie sehen, dass ihr Sohn Alang zu einem hübschen jungen Mann herangewachsen war, und alle waren sehr fröhlich.

Doch Alang hatte noch etwas Wichtiges zu tun, er sagte zu seinen Müttern: „Es bleibt noch keine Zeit zum Feiern, ich muss durch den Palast gehen und für meine Mütter Rache üben!“

Die Freude auf den Gesichtern der zwölf Konkubinen war verflogen. Sie ließen Alang nicht gehen, denn die Dämonin war zu brutal und würde Alang sicher wehtun.
Aber Alang war zuversichtlich: „Keine Sorge, Mütter, die Zeiten, in denen Dämonen den Menschen Schaden zufügen können, werden bald vorbei sein!"

10

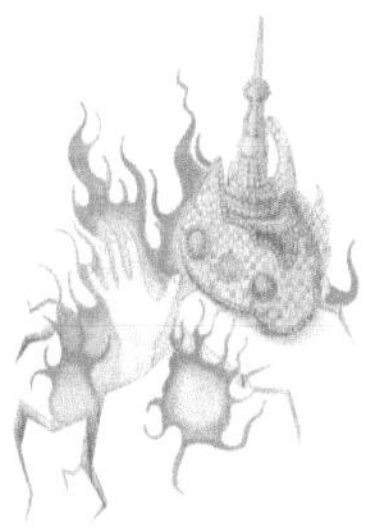

Das kleine Pferdchen brachte Alang zum zweiten Mal in den Palast. Die Dämonin war sehr überrascht, als Alang unversehrt zurückkam. Der König fragte in seiner Arroganz: „Hast du die Medizin für die Königin geholt?"
Alang nahm die Bambuszither von seinem Pferd, hob sie hoch und rief: „Königin, hier ist deine Medizin!"
Die Dämonin wurde bleich vor Angst, als sie sah, dass es ihre Lebenszither war, und rief: „Ah, woher hast du sie?"
Ohne eine Antwort zu geben, legte Alang seinen Finger auf die zweite Saite und spielte sie.

Klirr, die Dämonin stieß einen seltsamen Schrei aus und verwandelte sich augenblicklich in eine sehr hässliche alte Frau, deren Falten im Gesicht bis zur Brust reichten und die sie mindestens dreihundert Jahre alt aussahen ließen.
Der König war so erschrocken, dass er von seinem Thron herunterrollte: „Oh, mein Gott, was ist das für ein Monster?"
„Ja, sie ist eine Dämonin – und in deinen Augen die schönste Königin der Welt!" Alang hatte zu diesem Zeitpunkt gelernt, wie die Lebenszither zu benutzen war: Das Spielen der zweiten Saite würde das wahre Ansehen der Dämonin hervorbringen und das Spielen der dritten Saite würde sie sicherlich töten.
„Ich werde dich töten!" Die alte Dämonin machte Drohgebärden

und stürzte sich auf Alang. Plötzlich sah sie, wie Alangs Hand ohne Hast auf der dritten Saite liegen blieb und sie fiel vor Schreck sofort auf die Knie. „Bitte, spiel nicht! Töte mich nicht!"
Der König versteckte sich hinter seinem Thron und rief: „Schnell, töte die hässliche Frau!"
Die Finger von Alang ruhten auf der dritten Saite, die Adern auf seiner Stirn traten hervor. In diesem Moment erinnerte sich Alang an die Leiden der zwölf Mütter, an die Tage und Nächte der Not im tiefen Wald und an den Schmerz ihres achtzehnjährigen Kampfes in der Dunkelheit ... Seine Hand war im Begriff ... zu spielen.
„Bitte töte mich nicht ..." Die Dämonin flehte immer noch.
„Töte sie! Töte sie!", drängte der König.

Zu diesem Zeitpunkt erschien ein Gesicht vor Alangs Augen, es war das weinende Gesicht des Dämonenmädchens. „Bitte! Bitte! Spiel die Zither meiner Mutter nicht! "
Als er an das Dämonenmädchen dachte, das in diesem Moment immer noch am Fluss kniete und weinte, erweichte er, seufzte und nahm seine Hand von der Zither weg. „Geh weg!", sagte Alang.
Die alte Dämonin hatte nie mit einer solchen Vergebung gerechnet. Sie traute ihren Ohren nicht und starrte Alang ausdruckslos an.
„Geh und finde schnell deine Tochter. Von nun an darfst du nichts Böses mehr tun, sonst werde ich jederzeit die Bambuszither spielen!"
„Ja! Ja!" Die alte Dämonin beugte sich gehorsam vor und wich zurück. Sie wagte es nicht einmal mehr, auf der Dämonenwolke zu reiten, und rannte jämmerlich davon.

Nachdem die Gefahr vorüber war, stand der König zufrieden auf und sagte mit einem breiten Lächeln zu Alang: „Du hast es gut gemacht, du kannst tatsächlich Dämonen bezwingen. Wer hat dich diese Fähigkeit gelehrt?"
Alang antwortete ehrlich: „Gott."

Sobald die Worte seinen Mund verlassen hatte, erschien Gott und fragte: „Wer ruft mich?“
Der König klatschte in die Hände und lachte: „Hahaha, ich habe dich so oft gerufen und du hast mich ignoriert! Er hat nur einmal nach dir gerufen und du bist gekommen.“

Gott wusste, dass der König wieder auf dumme Gedanken gekommen war, und runzelte die Stirn, ohne etwas zu sagen.
Der König aber sagte: „Gott, Gott, ich habe jetzt keine Frau mehr, kannst du mir ein paar schöne Frauen als Ehefrauen besorgen?“
Zweifellos ein weiterer gieriger Wunsch. Aber Gott konnte das nicht länger ignorieren, weil er befürchtete, dass ein vorbeikommender Dämon ihn wieder ausnutzen würde. Gott überlegte einen Moment, zeigte mit dem Finger auf den Boden und sagte: „Ja, geh und sieh dort nach.“

Sogleich riss der Boden des Palastes in einem großen Spalt auf und Zungen höllischen Feuers wirbelten heraus. Der gierige König steckte seinen Kopf hinein und wurde sofort hineingesogen, wobei es zu spät war, einen Schrei auszustoßen.

Bang, der Riss im Boden schloss sich schnell und die Hölle verschwand spurlos.

11

So starb der König, doch das Volk trauerte nicht, sondern feierte ein großes Fest, alle waren fröhlich. Das zeigte, wie unbeliebt der König war, der es nur verstanden hatte, überall auf der Welt schöne Frauen zu finden. Doch wer würde in Zukunft der König sein?

Sobald sich die Geschichte von Alangs Vernichtung der Dämonen herumgesprochen hatte, wussten die Menschen, dass Alang der Prinz war, der aus dem Wald gekommen und in den Palast zurückgekehrt war, und so begrüßten sie ihn natürlich als neuen König. Alang stieg zum König in seinem reich auf.

Unmittelbar nach seiner Thronbesteigung ritt der jugendliche König auf einem goldgeschmückten Elefanten mit einer großen Wache in den Urwald, um die zwölf Mütter zurück in den Palast zu bringen und ihnen ein wohlhabendes Leben zu ermöglichen.
„Mütter, es gibt keine Dämonen mehr! Die Tage eures Leidens sind vorbei!"

Die zwölf Mütter freuten sich so sehr, dass sie sich vor Freude umarmten und Freudentränen weinten. Sie liebten ihren Sohn Alang noch mehr und waren sehr stolz auf ihn.
Doch als Alang die Mütter bat, zum Palast zurückzukehren, sagte die älteste Konkubine: „Lieber Junge, wir gehen nicht."

„Wir sind derselben Meinung, wir werden nicht gehen.“ Die Mütter sprachen dies tatsächlich alle unisono aus.
Die jüngste Mutter, die Alang zur Welt gebracht hatte, nahm seine Hand und sagte leise: „Alang, als wir vor achtzehn Jahren in den Urwald geflohen sind, eine von uns sich an der anderen festhaltend, konnten wir wirklich keine Hilfe finden. Aber der große Wald nahm uns auf, er rettete und ernährte uns.“
Die älteste Konkubine fuhr fort: „Jetzt, wo unsere Augen besser sind, wollen wir das tun, was wir früher immer tun wollten, aber nicht konnten – den Wald pflegen.“
„Genau, wir wollen lieber Töchter des Waldes sein als Herrinnen des Palastes!“ Als Alang das von seinen Müttern hörte, wurde ihm ganz warm ums Herz. Natürlich verstand er ihre Entschlossenheit, denn auch er war ein Kind des Waldes! Er wusste, was er dafür tun musste.
Nach seiner Rückkehr in den Palast erließ Alang sein erstes Dekret als neuer König: „Von nun an darf niemand mehr im Urwald Holz fällen oder jagen. Jeder Grashalm und jeder Baum des Waldes soll so heilig sein wie die Haut einer Mutter!“

Dies gilt als ein wahrer Erlass des Königs der Dai in der Antike, der von den Dai bis heute befolgt wird. Das Dai-Volk hat große Ehrfurcht vor dem Wald und würde niemals ohne Grund Gras oder Bäume beschädigen.

12

Unsere Geschichte ist zu Ende, aber es ist so, als wäre sie noch nicht zu Ende ...

Man erzählte sich, dass König Alang nicht lange danach verschwunden ist. Einmal wurde er auf dem kleinen Pferdchen weggeritten gesehen, andere behaupteten, sie hätten einen Mann und eine Frau auf einem fliegenden Pferd gesehen, die in den bunten Wolken des Himmels verschwanden.

Die alten Leute sagten: „Alang ist zu seinem Dämonenmädchen gegangen!" Aber niemand konnte es bestätigen.

Niemand hat Alang, das Dämonenmädchen oder die schönen zwölf Mütter seither mehr gesehen.

Autor, Illustratorin und Übersetzerin

Xiang Hua, der Autor dieses Buches, ist Lehrberater der Werkstatt für Bilderbuchgestaltung der Central Academy of Fine Arts und Geschichtenerzähler für Kinder.

Xiang Hua wurde in seiner Kindheit stark von der volkstümlichen Literatur beeinflusst, sodass er eine natürliche Affinität zu ihr hat. Als Erwachsener hat er gezeichnet und gemalt, als Drehbuchautor für Animationen gearbeitet, Kreativitätserziehung für Kinder studiert und sein Verständnis für traditionelle Geschichten verfeinert und für Bilderbücher adaptiert.

„Unabhängig davon, was ich tue, war die volkstümliche Literatur immer eine tiefe Verbundenheit und eine unerschöpfliche Quelle der Nahrung für mich."

Zhou Han, Absolventin der Fine Arts College Shanghai Normal University, arbeitete anschließend als freischaffende Künstlerin in Peking und ist jetzt Mutter von zwei Jungen und Teilzeitmalerin.

Liu Ziqi ist Doktorandin der Germanistik an der Tongji-Universität.

www.ingramcontent.com/pod-product-compliance
Lightning Source LLC
LaVergne TN
LVHW090128160826
845673LV00015B/1101
9783960747512